# Marie-Antoinette au château de Versailles

Adriana Kritter

*Illustrations de Jeanne Detallante*

## Crédits

Édition : Julie Minotte
Mise en pages : Christelle Daubignard
Illustrations couverture et intérieur : Jeanne Detallante

Principe de couverture : David Amiel et Vivan Mai
Maquette couverture : Sylvain Collet

Enregistrement, montage et mixage : Jean-Paul Palmyre - Quali'son

« Le photocopillage, c'est l'usage abusif et collectif de la photocopie sans autorisation des auteurs et des éditeurs.
Largement répandu dans les établissements d'enseignement, le photocopillage menace l'avenir du livre, car il met en danger son équilibre économique. Il prive les auteurs d'une juste rémunération.
En dehors de l'usage privé du copiste, toute reproduction totale ou partielle de cet ouvrage est interdite. »
« La loi du 11 mars 1957 n'autorisant, au terme des alinéas 2 et 3 de l'article 41, d'une part, que les copies ou reproductions strictement réservées à l'usage privé du copiste et non destinées à une utilisation collective » et, d'autre part, que les analyses et les courtes citations dans un but d'exemple et d'illustration, « toute représentation ou reproduction intégrale, ou partielle, faite sans le consentement de l'auteur ou de ses ayants droit ou ayants cause, est illicite. » (alinéa 1er de l'article 40) –
« Cette représentation ou reproduction, par quelque procédé que ce soit, constituerait donc une contrefaçon sanctionnée par les articles 425 et suivants du Code pénal. »

© Didier FLE, une marque des éditions Hatier, 2022

ISBN 978-2-278-10246-4 – ISSN 2270-4388
Dépôt légal : 10246/03

éditions
Didier Hatier s'engagent pour l'environnement en réduisant l'empreinte carbone de leurs livres. Celle de cet exemplaire est de :
200 g éq. $CO_2$
PAPIER À BASE DE FIBRES CERTIFIÉES
Rendez-vous sur www.editionsdidier-durable.fr

Achevé d'imprimer en France par Dupliprint (Mayenne) en mars 2025

## À PROPOS DE L'AUTEURE

**Adriana Kritter** est née et vit en région parisienne. Pendant plus de vingt ans, elle enseigne l'allemand à des adolescents et forme des professeurs de langue. Pédagogue dans l'âme, elle rédige en parallèle de nombreux manuels scolaires. Depuis 2014, elle se consacre à plein temps à la fiction et à sa langue maternelle. Passionnée de mots et d'histoires, elle a écrit une douzaine de romans qui mêlent suspense, émotions et humour.

## À PROPOS DE L'ILLUSTRATRICE

**Jeanne Detallante** a développé un style très personnel, à la fois éblouissant et caricatural, identifiable instantanément.

Jeanne Detallante crée des univers fantastiques, perturbants et fascinants en explorant les archétypes des mythes classiques.

Après avoir vécu aux États-Unis pendant une dizaine d'années, elle s'installe à Bruxelles en 2014.

## LA COLLECTION MONDES EN VF

*Des œuvres littéraires contemporaines d'auteurs francophones*

### www.mondesenvf.com

Un site avec des ressources gratuites à télécharger

Le site *Mondes en VF* vous accompagne pas à pas pour enseigner la littérature en classe de FLE grâce à des fiches pédagogiques :
- la fiche "Repères"
- une fiche par chapitre de "Compréhension du texte"
- la fiche "Atelier d'écriture"

 Téléchargez gratuitement la version audio MP3 du livre

Dans votre navigateur, saisissez didierfle.app et flashez cette page pour un accès direct aux audios avec votre smartphone ou votre tablette !

## Dans la collection Mondes en VF

*La cravate de Simenon,* NICOLAS ANCION, 2012 (A2)
*Pas d'Oscar pour l'assassin,* VINCENT REMÈDE, 2012 (A2)
*Papa et autres nouvelles,* VASSILIS ALEXAKIS, 2012 (B1)
*Quitter Dakar,* SOPHIE-ANNE DELHOMME, 2012 (B2)
*Enfin chez moi !,* KIDI BEBEY, 2013 (A2)
*Jus de chaussettes,* VINCENT REMÈDE, 2013 (A2)
*Un cerf en automne,* ÉRIC LYSØE, 2013 (B1)
*La marche de l'incertitude,* YAMEN MANAÏ, 2013 (B1)
*Le cœur à rire et à pleurer,* MARYSE CONDÉ, 2013 (B2)
*La voyeuse,* FANTAH TOURÉ, 2014 (A2)
*New York, 24 h chrono,* NICOLAS ANCION, 2014 (A2)
*Combien de fois je t'aime,* SERGE JONCOUR, 2014 (B1)
*Orage sur le Tanganyika,* WILFRIED N'SONDÉ, 2014 (B1)
*Un temps de saison,* MARIE NDIAYE, 2014 (B2)
*Nouvelles du monde,* AMÉLIE CHARCOSSET, HÉLÈNE KOSCIELNIAK, NOURA BENSAAD, 2015 (A2)
*L'Ancêtre sur son âne,* ANDRÉE CHEDID, 2015 (B2)
*Après la pluie, le beau temps,* LAURE MI HYUN CROSET, 2016 (A2)
*Les couleurs primaires,* MÉLISSA VERREAULT, 2016 (A2)
*Une vie parfaite,* NEIL JOMUNSI, 2017 (A2)
*Singes d'une nuit d'été,* VINCENT REMÈDE, 2020 (A2)

## Romans illustrés :

*Victor Hugo habite chez moi,* MYRIAM LOUVIOT, 2017 (A1)
*Rendez-vous rue Molière,* CATHERINE GRABOWSKI, 2018 (A1)
*Les rêves de Jules Verne,* MYRIAM LOUVIOT, 2019 (A1)
*Marie Curie, ma grand-mère,* JÉRÉMIE DRES, 2019 (A1)
*Qui êtes-vous Monsieur Eiffel ?,* ADRIANA KRITTER, 2020 (A1)
*À la rencontre de Saint-Exupéry,* MARIE-NOËLLE COCTON, 2021 (A1)

*À Lisa, Eva et Daphné,
jeunes - et, déjà, ferventes - lectrices,
Avec toute mon affection.*

## 1. Bienvenue à Versailles

Le train s'arrête. Une jeune femme descend sur le quai. Elle est grande et rousse. Elle porte des baskets, un short rouge, un T-shirt blanc et un petit sac à dos. Elle s'appelle Mariana et elle a vingt-deux ans. Elle vient du Venezuela et c'est un grand jour pour elle. Aujourd'hui, elle réalise son rêve : découvrir la France !

Avion, taxi, métro, train… Elle a fait un long voyage depuis l'Amérique du Sud… Mais, maintenant, elle est arrivée à Versailles, la ville royale[1]. Elle sort de la gare et regarde autour d'elle. Le ciel est bleu et le soleil brille. Il fait chaud, très chaud. Presque 30°C. Comme à Caracas[2] ! Quel beau temps ! Quelle belle journée d'août !

Dans ses manuels scolaires, elle a vu des photos de Paris et de sa région : la tour Eiffel, le musée du Louvre, la cathédrale Notre-Dame, Montmartre, le château de Versailles… Aujourd'hui, pour la première fois, elle va visiter l'un de ces endroits. Elle a appris le français à l'école, puis à l'université pendant trois ans. Elle reste cette année en France pour étudier la langue, l'histoire et la culture. Elle veut devenir professeure de français dans son pays.

Elle marche vers la station de bus. Une femme et son petit garçon attendent. Dix minutes plus tard, un long bus gris, vert et blanc arrive. Mariana demande à la dame :

— Bonjour, Madame. Je ne connais pas le quartier. Est-ce que ce bus va au château ?

La dame sourit et répond :

— C'est bien ça ! Vous faites du tourisme ?

— Oui !

— Vous venez d'où ?

— Du Venezuela !

---

1. royale (adj.) : *c'est la ville du roi et de la reine.*
2. Caracas (n.) : *c'est la capitale du Venezuela.*

— Oh, c'est loin ! Bon séjour en France !

Mariana remercie cette dame sympathique et monte dans le bus. « La journée commence bien ! » se dit-elle.

## 2. L'arrivée au château

Vingt minutes plus tard, le bus arrive. Elle descend. Tous les passagers descendent. Il y a beaucoup de touristes !

Elle traverse le parking. Soudain, elle voit une très grande statue. C'est le roi Louis XIV[3] à cheval, il est grand et imposant[4]. Le château de Versailles est son château !

Quelques touristes sortent leur appareil-photo. Mariana photographie la statue avec son téléphone portable. Elle prend beaucoup de photos. Elle veut aussi montrer la France à sa famille et à ses amies.

---
3. Louis XIV (n.) : *c'est le Roi Soleil*.
4. imposant (adj.) : *très grand et impressionnant*.

Ensuite, elle marche jusqu'aux grilles dorées[5]. Elles sont grandes et imposantes. Mariana traverse la cour immense[6] et pleine de gens. La jeune femme entend de l'espagnol, de l'anglais, de l'allemand, des langues asiatiques… Le château de Versailles est célèbre[7] dans le monde entier.

5. grille dorée (n.f.) : *une grande porte en or.*
6. immense (adj.) : *très grand.*
7. célèbre (adj.) : *très connu.*

Mariana traverse la cour et voit enfin le château. Elle entre dans la cour de Marbre. Elle admire l'architecture classique[8]. C'est magnifique !

Elle prend son portable. Devant l'écran, elle sourit et fait un selfie. Puis deux, puis trois ! Elle envoie les photos à ses parents et à ses amis sur WhatsApp. Ils vont être contents !

8. architecture classique (n.f.) : *architecture du XVIIe siècle.*

Elle regarde sa montre. Il faut se dépêcher : elle a rendez-vous à 14h30 ! La jeune Vénézuélienne court jusqu'à la porte principale. Des visiteurs attendent déjà : un père avec sa fille adolescente et son fils. Mariana les salue[9].

Une femme arrive. Elle est petite, blonde, élégante et souriante.

— Bonjour ! Je m'appelle Clémence et je suis votre guide ! Ensemble, nous allons visiter le château et découvrir son histoire.

La guide emmène les touristes à l'intérieur du château. Le petit garçon du groupe s'exclame[10] :

— C'est très grand, ici !

— Tu as raison, le château est immense. Tu penses qu'il y a combien de pièces ?

Il réfléchit, puis répond :

— Cent ?

— Beaucoup plus : deux mille trois cents !

Clémence continue :

— Je vais vous parler de Marie-Antoinette. Vous la connaissez ? C'est la dernière reine de France.

Mariana est très contente. Elle adore la reine Marie-Antoinette, elle la trouve très intéressante.

---

9. saluer (v.) : *dire « Bonjour ! »*.
10. s'exclamer (v.) : *dire quelque chose avec une voix forte*.

# 3. L'enfance de Marie-Antoinette

Clémence continue à raconter.

— Marie-Antoinette est née à Vienne[11], en Autriche, le 2 novembre 1755. Elle est la fille de l'empereur François 1er d'Autriche et de l'archiduchesse Marie-Thérèse. Ils ont eu seize enfants ! À Vienne, la jeune Marie-Antoinette a une vie heureuse avec sa famille.

---
11. Vienne (n.) : *capitale de l'Autriche.*

La fillette danse et chante, joue de la musique, de la harpe et du clavecin. Elle apprend à lire, à compter et à écrire. Elle doit aussi apprendre des langues étrangères, mais elle n'aime pas ça. Elle préfère s'amuser !

Mariana trouve cette histoire intéressante. Elle imagine bien la vie de la fillette à la cour de Vienne.

Clémence parle encore de l'enfance de Marie-Antoinette. Elle raconte une anecdote[12] :

— En 1762, Leopold Mozart voyage en Europe avec sa famille : sa femme, Anna-Maria, leur fille, Nannerl, et leur fils, Wolfgang-Amadeus. La fillette a onze ans et le garçon, six ans. Ce n'est pas un voyage touristique. Leopold et Anna-Maria Mozart veulent faire connaître le talent de leurs enfants et gagner de l'argent. Les enfants jouent du piano, du clavecin, du violon. Ce sont des virtuoses, des génies de la musique ! L'archiduchesse Marie-Thérèse invite la famille Mozart à Vienne, au château de Schönbrunn. Elle veut écouter les deux enfants. Marie-Antoinette est là aussi. Elle a six ans, comme Wolfgang-Amadeus. Il joue du piano devant la famille impériale. Après le concert, il salue, mais, soudain[13], il glisse[14] sur le sol et tombe. Marie-Antoinette l'aide tout de suite à se relever. Il remercie la petite fille et dit : « Vous êtes gentille. Plus tard, je me marierai avec vous ! ».

Tout le monde rit. Les touristes trouvent l'anecdote amusante. Mariana se dit : « Mozart et Marie-Antoinette se connaissent, c'est intéressant ! ».

---

12. anecdote (n.f.) : *petite histoire.*
13. soudain (adv.) : *tout à coup, tout de suite.*
14. glisser (v.) : *perdre l'équilibre.*

Clémence continue ses explications :

— Mais, en 1765 son père meurt. Marie-Antoinette est très triste. La fillette aimait beaucoup son père. Alors, Marie-Thérèse d'Autriche s'occupe de ses enfants. Elle a des ambitions politiques[15]. Elle veut que l'Autriche et la France deviennent amies. Alors, elle prépare le mariage de sa fille avec Louis-Auguste de Bourbon, le futur roi de France. Ils se marient le 16 mai 1770.

L'adolescente du groupe s'exclame :

— « En 1770 » ? Marie-Antoinette va se marier à quatorze ans ?!

— Oui, répond Clémence. Et Louis-Auguste, à quinze ans.

L'adolescente dit :

— Comme moi. C'est incroyable !

La jeune fille a raison. Marie-Antoinette et Louis sont encore très jeunes pour se marier. Ce sont toujours des enfants. Cinq minutes plus tard, la guide s'arrête. Ils sont arrivés !

---

15. ambition politique (n.f.) : *une très grande envie pour le pays et son pouvoir.*

# 4. Le mariage

Les touristes visitent maintenant le Grand Appartement de la Reine. Ils entrent d'abord dans la chambre ; c'est la pièce principale de l'appartement. Mariana admire le grand lit, les lustres[16] en cristal, les boiseries dorées. Sur les murs, il y a des tapisseries brodées avec des motifs de fleurs et, au sol, un magnifique parquet.

---

16. lustre (n.m.) : *lampe suspendue au plafond.*

« Impressionnant ! » se dit-elle.

Clémence explique :

— En 1770, Marie-Antoinette quitte donc l'Autriche. Elle est triste, parce qu'elle aime beaucoup sa famille et son pays. Le 16 mai, elle entre dans cet appartement avec ses dames de compagnie[17]. Elle se prépare pour son mariage.

---

17. dame de compagnie (n.f.) : *dame présente, au service de la reine.*

Ensuite, Clémence va avec les touristes dans la Chapelle royale.

— Marie-Antoinette et Louis se marient ici, dit-elle.

Mariana regarde les colonnes[18], les peintures classiques au plafond et le sol en marbre coloré[19] : rouge, noir, blanc… Au fond, elle voit aussi un instrument de musique : un très grand orgue. Elle imagine bien la cérémonie de mariage : comme dans un film, elle entend la musique, elle voit Marie-Antoinette dans sa belle robe et le roi dans son costume décoré d'or et de diamants.

— Après la cérémonie, explique la guide, il y a une grande fête à l'Opéra royal. En 1770, c'est la plus grande salle de spectacles d'Europe. Il est construit en bois. Admirez l'architecture élégante, les lustres en cristal, les miroirs[20]… Pendant la fête du mariage, il y a d'abord un repas, puis un grand bal pour mille cinq cents invités !

Les touristes se promènent dans l'opéra. Ils s'assoient sur les fauteuils et regardent la scène.

---

18. colonne (n.f.) : *monument de décoration.*
19. coloré (adj.) : *de plusieurs couleurs.*
20. miroir (n.m.) : *objet en verre où on peut se voir.*

Clémence raconte une anecdote triste :

— Les fêtes du mariage durent un mois. Le 30 mai, il y a un feu d'artifice à Paris, sur la place Louis XV ; c'est aujourd'hui la place de la Concorde, en face des Champs-Elysées. Malheureusement, pendant le feu d'artifice, il y a une bousculade[21]. Plus de cent trente personnes sont mortes. C'est une catastrophe. À cette époque, certaines personnes pensent que c'est un mauvais signe.

---
21. bousculade (n.f.) : *des personnes se poussent fortement entre elles.*

## 5. La vie de reine

La visite continue. Le groupe sort du château. Ils traversent les jardins et le parc. Clémence marche vite. Très vite. Trop vite ! Mariana est un peu fatiguée. Il fait chaud, elle a soif. Pour les autres touristes, c'est pareil. Le petit garçon dit à son père :

— Papa, j'ai mal aux pieds.

Clémence s'arrête et dit :

— Excusez-moi ! Nous pouvons nous reposer un peu.

Le groupe s'arrête près d'un arbre, à l'ombre. Mariana est contente. Elle s'assoit sur un banc. Ici, il fait moins chaud. Et il y a un bassin avec des jets d'eau, c'est très agréable.

La guide recommence à parler :

— Maintenant, je vais vous raconter un événement important : en 1774, le roi Louis XV meurt. Louis-Auguste et Marie-Antoinette deviennent alors roi et reine.

L'adolescente s'exclame :

— Elle a dix-huit ans et elle est reine de France ! C'est génial. Elle peut tout faire.

Les touristes rient. Mais Clémence explique :

— Être reine, ce n'est pas si facile. C'est même très difficile pour Marie-Antoinette parce qu'elle ne connaît pas bien la France. Elle ne parle pas très bien le français. Elle ne connaît pas le peuple. Elle ne comprend pas les habitudes. Et elle fait des erreurs… D'abord, les Français sont contents. Ils pensent : « Avec Louis XVI, la société va changer, nous allons mieux vivre ». Mais, très vite, ils sont déçus. Leur vie ne change pas. Ils trouvent la reine très belle, mais elle dépense trop d'argent pour ses robes, ses coiffures, ses parfums et ses jeux. Vous comprenez donc qu'elle n'aime pas la vie à Versailles ! Elle ne veut pas rester au château.

L'adolescente demande :

— Elle va où, alors ?

Clémence répond :

— Je vais vous montrer. Venez avec moi !

## 6. Une vie entre deux châteaux

Les touristes se lèvent. Maintenant, ça va mieux. Ils ne sont plus fatigués. Ils continuent leur chemin, puis Clémence s'arrête devant un petit château.

— Voici le Petit Trianon, le domaine de Marie-Antoinette ! C'est une grande maison carrée avec quatre façades et de grandes fenêtres. Admirez son harmonie et son élégance !

Le petit garçon dit :

— Il est tout petit !

La guide répond :

— Tu as raison. Ici, il y a seulement vingt-quatre pièces. Marie-Antoinette préfère cet endroit. Quand le roi lui offre ce cadeau, il lui dit : « Vous aimez les fleurs, je vous offre un bouquet : le Petit Trianon ! ».

La visite commence. Le groupe monte un escalier en pierre blanche. Ils arrivent au premier étage. Clémence montre un tableau et s'exclame :

— Mesdames et messieurs, voici la Reine !

L'adolescente dit :

— Elle est très belle !

Mariana est d'accord. Elle admire les couleurs : les yeux bleus de Marie-Antoinette, sa peau claire, ses cheveux qui s'harmonisent[22] avec sa robe en satin bleu-gris, la rose dans sa main. Le tissu[23] peint est comme du vrai tissu. C'est incroyable. Elle a envie de le toucher pour être sûre ! Derrière la reine, on voit des arbres, des plantes et des fleurs, c'est peut-être le jardin du Petit Trianon. Quel beau portrait !

Clémence explique :

— Ce portrait est très célèbre. Il s'appelle « Marie-Antoinette à la rose ». L'artiste s'appelle Élisabeth Vigée Le Brun[24].

---
22. s'harmoniser (v.) : *aller bien ensemble.*
23. tissu (n.m.) : *matériau pour fabriquer des vêtements.*
24. Élisabeth Vigée Le Brun (n.) : *artiste peintre du XVIIIe siècle.*

En 1774, Marie-Antoinette devient reine. Sa mère, l'archiduchesse Marie-Thérèse, est contente, mais, depuis quatre ans, elle ne voit plus sa fille. À cette époque, la communication est difficile : il n'y a pas d'avion, ni de téléphone. Marie-Thérèse et Marie-Antoinette s'écrivent des lettres, mais ce n'est pas assez. L'archiduchesse d'Autriche aimerait voir sa fille. Elle demande donc un portrait !

Marie-Antoinette fait venir des artistes, beaucoup d'artistes. Malheureusement, ils ne comprennent pas la reine. Elle ne veut pas de ces peintres. Puis, elle rencontre Elisabeth Vigée Le Brun. C'est une jeune femme de dix-neuf ans, comme la reine.

Elle est jolie, intelligente et c'est un génie de la peinture. Depuis 1776, elle est peintre officielle de la cour. Les deux femmes se ressemblent, elles ont beaucoup de points communs. Tout de suite, Élisabeth comprend la reine. Elles s'entendent bien. Elles deviennent presque amies. En 1778, Élisabeth devient la peintre officielle de la reine. Marie-Antoinette s'intéresse beaucoup à l'art. Elle aide aussi d'autres artistes : des musiciens, par exemple. Venez, nous continuons la visite !

Le groupe va dans une autre pièce. Mariana attend un peu. Elle reste là pour faire un selfie avec le portrait de la reine. Elle envoie la photo sur WhatsApp et écrit : « Regardez, je suis avec Marie-Antoinette ! C'est génial ! ». Ses parents et ses amis ne parlent pas français, mais ce n'est pas grave. Ils vont comprendre.

Vite ! Elle court dans l'autre pièce.

# 7. La fête avec Marie-Antoinette

C'est la Grande salle à manger.

— Vous vous rappelez, la Reine aime la nature et les fleurs. Regardez la décoration : il y a des dessins de fleurs et de fruits sur les murs, sur les tableaux et sur les meubles. Il y a une harmonie entre la décoration et les jardins. Dans cette pièce, la reine dîne avec ses amis.

Le petit garçon demande :

— Qu'est-ce qu'ils mangent ?

— De la viande, du poisson. Et aussi les fruits et les légumes de son jardin ! Et toi, ce matin, au petit-déjeuner, tu as mangé quoi ?

— Du pain avec de la confiture. Et un croissant !

Clémence sourit et explique :

— Le croissant est une pâtisserie typiquement[25] française. Les croissants et les pains au chocolat s'appellent aussi des « viennoiseries ». Tu sais pourquoi ?

Le petit garçon secoue la tête. Il ne sait pas. La guide demande aux autres personnes du groupe :

— Et vous, vous savez ?

L'adolescente répond :

— Parce qu'ils viennent de… Vienne ?

— Bravo ! s'exclame Clémence. La légende raconte que Marie-Antoinette a apporté les croissants en France !

— C'est intéressant ! dit Mariana.

Après cette petite histoire amusante, le groupe entre dans une autre pièce : le « salon de compagnie ». C'est la pièce principale du Petit Trianon. Elle sert de salon de musique et de jeux.

Le petit garçon s'exclame :

— Regardez, il y a une harpe et un clavecin ! Marie-Antoinette sait jouer de ces instruments !

Clémence répond :

— C'est vrai. Tu as bien écouté, bravo ! Donc, dans ce salon, Marie-Antoinette s'amuse avec ses amis. Ils écoutent de la musique, ils jouent, ils parlent, ils chantent. Au Petit Trianon, elle est très heureuse. Elle dit : « Ici, je ne suis plus la reine, je suis moi ! ».

---

25. typiquement (adv.) : *renvoie à une particularité de quelque chose.*

Ils visitent ensuite la chambre de la reine.

— Ce n'est pas comme au château ! dit Mariana.

— C'est sûr ! Ici, la chambre est petite. Il n'y a pas de lustre en cristal, pas beaucoup de dorures[26]. C'est une pièce simple, mais il y a une magnifique vue sur le parc.

---
26. dorure (n.f.) : *objet recouvert d'or.*

Mariana regarde par la fenêtre. Elle voit le jardin avec les beaux arbres et les fleurs, puis, plus loin, des petites maisons et un lac. Elle demande :

— Qu'est-ce que c'est ?

Clémence répond :

— C'est le Hameau[27] de la Reine. Nous allons bientôt le voir ! D'abord, nous visitons le rez-de-chaussée.

Le petit groupe descend l'escalier. En bas, ils voient la salle de billard[28] et la cuisine. Ces pièces sont grandes et belles. La visite est rapide, les touristes ont envie d'aller dehors !

— Maintenant, dit la guide, allons voir le Hameau de la Reine !

27. hameau (n.m.) : *petit village*.
28. billard (n.m.) : *jeu dans lequel on pousse des boules sur une table avec une longue canne.*

## 8. Le Hameau de la Reine

Les touristes traversent les jardins. Ils marchent dix minutes, puis Clémence s'arrête. En face, il y a un très beau paysage. Mariana voit d'abord le lac. Il y a des canards qui nagent. L'eau brille[29] sous le soleil. Autour, il y a une tour et des petites maisons dans la nature. C'est magnifique !

Clémence raconte la vie de Marie-Antoinette au Hameau :

— La reine veut une vie simple. Vous vous rappelez ? Elle fait donc construire ce petit village. Il y a onze maisonnettes[30]. Trois pour elle et les autres pour l'agriculture. Il y a une ferme avec des animaux : des vaches, des moutons, des poules… Il y a même un petit théâtre. Marie-Antoinette se promène ici avec ses enfants.

Mariana demande alors :

— Elle a combien d'enfants ?

La guide répond :

— Quatre. Elle a une première fille en 1778, Marie-Thérèse. La petite a un nom officiel : « Madame Royale », mais, plus tard, sa mère l'appelle « Mousseline la sérieuse ». Ensuite, elle a un fils en 1781. Il s'appelle Louis-Joseph.

---
29. briller (v.) : *faire apparaître la lumière.*
30. maisonnette (n.f.) : *petite maison.*

Malheureusement, il est mort de maladie en 1789. Elle a un deuxième fils en 1785 : Louis-Charles. Elle l'appelle « chou d'amour ». Enfin, en 1786, elle a une deuxième fille, Sophie-Béatrice, qui meurt aussi, un an après. C'est très triste. Marie-Antoinette n'est pas comme les autres reines : elle s'occupe elle-même de ses enfants. Elle joue avec eux, elle les emmène au Hameau, ils vont voir les animaux de la ferme, ils goûtent le lait des vaches, ils regardent les poissons dans le lac. Ils vont voir aussi les légumes qui poussent dans le potager : des carottes et des poireaux. Ils vont cueillir des fruits dans le verger[31] : des pommes, des cerises, des poires… Avec ses enfants, elle est très heureuse !

---
31. verger (n.m.) : *lieu où il y a des arbres avec des fruits.*

# 9. La Révolution française

À l'extérieur du château, la situation est très difficile. Le peuple n'est pas content. Les Français détestent de plus en plus Marie-Antoinette et les gens riches. En 1789, il y a une révolution.

La famille royale ne peut plus rester à Versailles. Elle doit partir. Pendant deux ans, le roi, la reine et leurs enfants vivent au château des Tuileries à Paris. C'est un peu comme une prison. Un jour, en 1791, ils décident de s'enfuir. Leurs amis les aident, mais ils ne vont pas loin. Sur la route, des gens les reconnaissent. Ils restent en prison, pendant deux ans. Puis le roi est décapité[32] en janvier 1793. En octobre, Marie-Antoinette est décapitée aussi.

---
32. décapité (adj.) : *on a coupé la tête du roi.*

— Quelle histoire triste ! dit Mariana.

— Vous avez raison, la reine a eu un destin tragique[33].

L'adolescente demande :

— Et ses enfants ?

— Le petit Louis-Charles est mort en 1795, à l'âge de dix ans. Marie-Thérèse vit plus longtemps, jusqu'en 1851.

— Et Élisabeth Vigée Le Brun ? Est-ce qu'elle meurt aussi pendant la Révolution ?

Clémence répond :

— Pas du tout. Elle est morte en 1842, à quatre-vingt-six ans ! Elle a une vie passionnante et originale. Elle entre à l'Académie royale de peinture en 1783. C'est très rare pour une femme. Au XVIIIe siècle, l'art est un monde d'hommes. En 1789, elle ne veut plus rester en France, elle a peur. Alors elle part et voyage en Europe : en Italie, en Russie, en Angleterre et en Suisse. Elle continue à travailler. Pendant sa vie, elle a peint plus de neuf cents tableaux !

— Oh là là, c'est beaucoup !

— C'est une artiste extraordinaire, dit Mariana. Elle est très célèbre ?

— À son époque, oui. Mais, après sa mort, on ne parle plus d'elle.

— Ah bon ? Pourquoi ?

---

33. tragique (adj.) : *situation très triste et inévitable*

— Peut-être parce que c'est une femme… Les livres d'histoire ne parlent pas beaucoup des femmes peintres. Mais, en 2015, il y a eu une grande exposition. Tout le monde sait maintenant qu'Élisabeth Vigée Le Brun était une très grande artiste. Elle a peint une trentaine de tableaux de Marie-Antoinette. Ses tableaux sont très importants. Grâce à ses portraits, la reine est une icône, même deux cent cinquante ans après sa mort ! Elle inspire toujours des peintres, des écrivains, des cinéastes. Il y a plus de soixante-dix films sur elle. Vous avez encore des questions ?

Les touristes disent non.

— La visite est donc finie, dit Clémence. J'espère que vous êtes contents !

— C'était très intéressant, dit Mariana. Merci beaucoup !

Les autres personnes aussi sont contentes. Clémence salue le groupe et part.

La jeune Vénézuélienne continue de se promener dans le Hameau de la Reine. Cet endroit lui plaît. Elle fait beaucoup de photos et de selfies. Elle pense aussi à Marie-Antoinette et à sa vie tragique, mais très intéressante. C'est une femme très importante dans la culture française et, même, dans le monde entier ! Après cette première journée géniale, Mariana a envie de découvrir d'autres endroits et d'autres personnages célèbres de l'histoire de France. Demain, elle part dans un autre lieu : elle va à Paris pour visiter la tour Eiffel !

## Qui êtes-vous, monsieur Eiffel ?

Adriana KRITTER

« Ils entrent dans un très beau bureau. Le décor et les meubles sont anciens : il y a une table, une chaise, une armoire et des appareils… Les cinq étudiants trouvent le bureau très confortable. Soudain, ils entendent une petite musique : devant eux apparaît un homme âgé, il a les cheveux gris, une barbe grise et un costume noir.
C'est Gustave Eiffel ! Quelle surprise ! »

Paris, la tour Eiffel, un hologramme : le lecteur débutant en français est invité dans un Escape Game à découvrir à chaque énigme la vie fascinante d'un grand homme : Gustave Eiffel.